Die Polkappen schmelzen

Walter Guttropf

Die Polkappen schmelzen

Für einen Planeten ist eine Warmklimazeit ausgebrochen. Nicht nur die Hitze bringt die Leute zu gigantischen Völkerverschiebungen, sondern vor allem das Ansteigen des Meeresspiegels. Der Planet erwärmt sich immer mehr.

Bibliografische Information der Deutschen Nationalbibliothek:
Die Deutsche Nationalbibliothek verzeichnet diese Publikation
in der Deutschen Nationalbibliografie; detaillierte bibliografische
Daten sind im Internet über http://dnb.dnb.de abrufbar.

© 2018 Walter Guttropf
Satz, Umschlaggestaltung, Herstellung und Verlag:
BoD – Books on Demand, Norderstedt

ISBN: 978-3-7460-5223-6

Inhaltsverzeichnis

Vorwort 7

Der Bericht an den Androidenrat 9

Die Notunterkünfte . . . . , , ... 13

Die Ernährung 17

Die Dauer der Wärmeperiode 21

Die Verwüstung 25

Die Hilfe der Androiden 29

Glossar 33

Vorwort

Ein Megateleskop von Terra beobachtet seit vielen Jahren (Erdjahre) den immer höher werdenden Temperaturanstieg eines Planeten. Auf dem Planeten schmelzen die Polkappen, die oft viele Meter dick sind. Damit aber steigt der Meeresspiegel an. So werden bevölkerte Inseln, ans Wasser gebaute Städte und Gebäude überflutet.

Den Bewohnern bleibt oft nur noch die Flucht in höher gelegene Gebiete.

Die Vertreibung der Bevölkerung durch die steigenden Wasserspiegel führt zu gewaltigen Flüchtlingsbewegungen. Verbunden waren damit Probleme der Ernährung, der Unterbringung und Hygiene sowie die Vielfalt der Sprachen.

Andererseits wurden Gebiete eis- und schneefrei, die auf diese Weise bevölkert werden konnten.

Die grösste Wirkung zeigte jedoch das Land, das bisher durch Permafrost bis in die Tiefe gefroren war. Mit dem schmelzenden Eis wurden Unmengen von Methangas freigesetzt. Dieses Treibhausgas schädigte vor allem die Atemluft.

Aber es wurde auch viel Land frei, das besiedelt werden konnte.

Der Bericht
an den Androidenrat

Das Megateleskop schickte diese Umwälzungen in einem Bericht an den Androidenrat. Dieser diskutierte die Situation ausgiebig und sandte dann seinen Beschluss mit Beilage für die genannte Entwicklung an die GALZ (galaktische Zentralregierung). Diese stimmte dem Vorschlag der Androiden zu helfen zu und teilte diesen Beschluss dem Androidenrat mit.

Lesen
Nachdenken
Notieren

Die Notunterkünfte

Die Androiden wussten inzwischen auf Grund ihrer grossen Erfahrung, dass man die Bevölkerung nicht so auf das neue Land loslassen konnte.

Sie bauten Notunterkünfte, welche die Flüchtlinge aufnehmen konnten; wobei man an die spätere Verwendung dieser Gebäude dachte. Dem Problem der Hygiene wurde besondere Aufmerksamkeit gewidmet.

Lesen
Nachdenken
Notieren

Die Ernährung

Wie bei den Notunterkünften sorgten sich die Androiden auch um die Ernährung. Es wurden grosse Verteilstationen dafür eingerichtet. Hier konnten die Flüchtlinge die Nahrung holen, die sie gewohnt waren. Die Nahrung selbst wurde von den umliegenden Planeten besorgt. Die Bezahlung lief dann über GALZ, soweit diese nicht direkt über die gekaufte Ware erledigt werden konnte.

Lesen
Nachdenken
Notieren

Die Dauer der
Wärmeperiode

Die Wissenschaft hatte inzwischen mit Unterstützung der Datenbank festgestellt, dass die klimatische Veränderung nicht nur wenige Jahre, sondern hunderte, ja tausende von Jahren dauern würde.

Entsprechend wurden die Architektur und die Landwirtschaftszonen ausgelegt.

Lesen
Nachdenken
Notieren

Die Verwüstung

In den menschenleeren Gebieten, wo die Hitzeeinwirkung am stärksten auftrat, wurde allmählich alles verwüstet. Wenn es hier überhaupt noch Wettervoraussagen gab, so wurde das Wort Regen nicht mehr genannt.

Lesen
Nachdenken
Notieren

Die Hilfe
der Androiden

Die Androiden bauten die Notunterkünfte. Sie halfen bei der Nahrungsbeschaffung und sie bereiteten das Land für den Aufbau von Städten und Dörfern vor. Wo sie am wichtigsten tätig waren, das war während der Bevölkerungsbewegungen. Immerhin musste ein grosser Teil der Bevölkerung umgesiedelt werden. Der Planet besass sechs Kontinente mit vielen überschwemmten Stränden und vielen Wohngegenden, die unter dem Meeresspiegel lagen.

Ausserdem gab es noch viele andere Vorkommnisse, wo die Androiden helfen mussten.

So passte sich dieser Planet im Laufe der Zeit immer besser an die neuen Bedingungen an und die Bevölkerung wusste nach einigen hundert Jahren überhaupt nicht mehr, dass alles einmal anders war.

Lesen
Nachdenken
Notieren

Lesen
Nachdenken
Notieren

Glossar

Permafrost
Die Erdschicht ist bis in die Tiefe gefroren.

Polkappen
Die Polkappen eines Planeten sind mit einer dicken Schnee- und Eisschicht bedeckt.

Warmklimazeit
In dieser Planetenphase gibt es keine Vereisungen mehr. Die Planetentemperatur ist enorm angestiegen.

Lightning Source UK Ltd.
Milton Keynes UK
UKHW021138191020
371842UK00013B/1055